MW00975655

Trilogía de Ciencia Ficción
Ciudad Cúpula
Libro I
Universo Cero
Víctor Salazar

Libro I de la trilogía de ciencia ficción que narra sobre la
creación de un Universo Cero, llamado *Ciudad Cúpula*, donde la
gente al principio sabía quiénes eran y hacia dónde iban, pero
algunas fuerzas malignas lograron cambiar su realidad. Y esa
sociedad lucha por encontrar su camino.

Trilogía de Ciencia Ficción
Ciudad Cúpula
Libro I

Universo Cero

Víctor Salazar

Segunda edición del autor.
Culiacán, Sinaloa, México, 2019

Agradecimientos

Primero doy gracias a Dios, por haberme permitido escribir mi primer libro de ciencia ficción.

Y segundo, a mi esposa Adriana que, a mi lado, aportó ideas que ayudaron a expresar mejor el contenido.

Y a mis hijos Miguel, Leobardo y Daniel, que dieron lectura y ayudaron a escribir la introducción.

Índice

Prólogo

Víctor Salazar es un visionario de nuestra época. Ha escrito *Ciudad Cúpula* de una forma amena y clara, estilo que lo caracteriza en sus obras, al alcance y comprensión de cualquier inteligencia.

Si eres un apasionado de la ficción, ésta es una obra que no te puedes perder; y si al leer, de pronto te das cuenta de que lo que le ocurre a la gente de *Ciudad Cúpula* encaja con lo que está pasando en tu realidad, al decir del autor es mera coincidencia.

Empieza la historia en el inicio de todo lo creado y te lleva etapa por etapa por los caminos que las peripecias humanas suelen tomar. En cada una de estas etapas de la evolución histórica de los habitantes de *Ciudad Cúpula* se dan los elementos necesarios para entender por qué es que se llegó a esa situación, hasta en cierto modo emparejar esa realidad con nuestra realidad histórica actual, ya que la historia de *Ciudad Cúpula* transcurre en un mundo y un tiempo paralelos al nuestro.

Felicito al autor por haberlo escrito y te felicito a ti, amable lector, por darte la oportunidad de leerlo✧

Genaro M. Portillo González.
Culiacán, Sinaloa, México.
Abril de 2019

Introducción

Historia de ciencia ficción sobre una *Ciudad Cúpula* creada por una fuerza poderosa llamada Dios para que los hombres habiten en ella.

Narra cómo todo fue tergiversado por las fuerzas del mal, las mismas fuerzas malignas que se rebelaron contra su Dios por el solo hecho de haber creado a los hombres. Estas fuerzas malignas comandadas por Lucifer han hecho creer al hombre que vive en un mundo esférico dentro de un gran sistema solar, donde supuestamente hay muchos mundos y que este mundo donde vive es insignificante. Además, lo han despojado de lo divino, lo sobrenatural y de su posible trascendencia hacia un mundo espiritual más elevado, para el cual fue creado.

Mediante el engaño y por la ambición material de muchos hombres, los Ángeles Caídos como se les llama, han logrado reclutar gran cantidad de seguidores adoradores de Lucifer, trayendo la falsa ciencia, la seudoeducación, las ideologías, los sistemas económicos y las religiones para crear una realidad alterna, y llegar al control mental de las masas buscando despojarlas de su humanidad.

Ciudad Cúpula es una historia que fácilmente puede encajar con tu propio mundo u otros universos paralelos, de los cuales se tiene una hipótesis física en la que entran en juego la existencia de varias realidades relativamente independientes, que bifurcan ante posibles decisiones tomadas en la vida.

Amigo lector, quedarás emocionado y pensativo ante la posibilidad de estar viviendo una realidad a la cual no perteneces y en la que has creído toda tu vida, al grado de llegar a pensar que en tu universo está sucediendo lo mismo que en *Ciudad Cúpula*. Por lo tanto te invito a iniciar esta aventura de ciencia ficción sobre una ciudad en la que sus habitantes llegaron a desconocer su propia creación y su fin en la vida y que, al final, logran reconectar con su naturaleza y su Creador✧

Capítulo 1

Creación de *Ciudad Cúpula* y del hombre

En el principio creó Dios el Cielo y la Tierra. La Tierra era soledad y caos y las tinieblas cubrían el abismo; pero el espíritu del Creador volaba por encima de las aguas. Todo

era oscuridad y sólo existía Dios antes que los hombres.

Dijo Dios: "Haya luz", y hubo luz. Vio Dios que la luz estaba bien, y apartó Dios la luz de las tinieblas; y llamó Dios a la luz "día" y a las tinieblas las llamó "noche". Y atardeció y amaneció.

Dijo Dios: "Haya un firmamento por en medio de las aguas, que las aparte unas de otras". Es así como se formó la cúpula que cubre la Tierra.

E hizo Dios el firmamento; y apartó las aguas de por debajo del firmamento de las aguas de por encima de él. Y llamó Dios al firmamento "cielo".

Y llamó Dios a lo seco "tierra" y al conjunto de las aguas lo llamó "mar"; y vio Dios que estaba bien. Dijo Dios: "Produzca

la tierra vegetación: hierbas que den semillas y árboles fruta-
les que den fruto conteniendo en ellos la simiente de su propia especie". Y así fue.

La tierra produjo vegetación:
hierbas que dan semilla según
sus especies y árboles que dan
fruto con la semilla dentro según
sus especies; y vio Dios que
estaba bien.

Dijo Dios: "Haya luceros en el firmamento celeste, para
separar el día de la noche, y sirvan de señales para distinguir

 las estaciones, los días y los años;
y luzcan en el firmamento del
cielo para iluminar parte de la
tierra". Y así fue.

Dios creó el Sol para el día y
la Luna para la noche, las estre-
llas y otros astros; y los puso Dios en el firmamento celeste
para alumbrar la Tierra, y para regir el día y la noche, y para
apartar la luz de la oscuridad; y vio Dios que estaba bien. Y
atardeció y amaneció.

Vale aclarar unos puntos importantes para poder entender la forma de *Ciudad Cúpula*. El universo como te lo han
enseñado en la escuela, no es el mismo en *Ciudad Cúpula*:
allí no existe el espacio exterior, no hay más planetas ni mundos donde el humano pueda habitar; es un sistema cerrado,
creado única y exclusivamente para el hombre hecho por Dios

a su imagen. Los planetas que tú conoces en tu realidad, en *Ciudad Cúpula* sólo son astros errantes (luminarias que tienen vida propia y fueron creadas para embellecer la noche). La cosmología de *Ciudad Cúpula* es mediante esferas invisibles superpuestas unas debajo de otras, que dan lugar a espacios entre sí, y se les llama cielo.

Finalmente dijo Dios: "Bullan la aguas de animales vivientes, y revoloteen las aves sobre la Tierra frente al firmamento celeste".

Y creó Dios los grandes animales marinos y todos los seres vivientes que se mueven y que pululan en las aguas según sus especies, y todas las aves aladas según sus especies; y vio Dios que estaba bien y los bendijo Dios, diciendo: "Creced y multiplicaos y llenad las aguas de los mares y las aves crezcan en la tierra".

Dijo Dios: "Produzca la tierra animales vivientes según su especie: bestias, reptiles y alimañas terrestres según su especie". Y así fue.

Hizo Dios las alimañas terrestres según su especie, y las

bestias según su especie, y los reptiles del suelo según su especie: y vio Dios que estaba bien.

Y dijo Dios: "Hagamos al ser humano a nuestra imagen, como

semejanza nuestra, y domine sobre los peces del mar, sobre las aves del cielo, y sobre las bestias y sobre todas las alimañas terrestres, y sobre todos los reptiles de la tierra.

Creó, pues, Dios al ser humano a imagen suya. A imagen de Dios lo creó, macho y hembra. Y los bendijo Dios con estas palabras: "Sed fecundos y multiplicaos, y henchid la Tierra y sometedla; mandad en los peces del mar y en las aves del cielo y en todo animal que se mueve sobre la tierra". Dijo Dios: "Ved que os he dado toda hierba de semilla que existe sobre la faz de toda la Tierra, así como todo árbol que lleva fruto de semilla; os servirá de alimento. Y a todo animal terrestre, y a toda ave del cielo y a todos los reptiles de la tierra, a todo ser animado de vida, les doy la hierba verde como alimento". Y así fue. Vio Dios cuanto había hecho, y todo estaba bien. Y atardeció y amaneció.

Así el hombre se estableció en el jardín del Edén, un paraíso hermoso debajo del firmamento de *Ciudad Cúpula*◇

Ciudad Cúpula

Capítulo 2

Ángeles Caídos y destrucción de *Ciudad Cúpula*

Pero ante esta belleza de creación, alguien no estuvo de acuerdo. Una legión de ángeles que ya habitaban el cielo espiritual creado por el mismo Dios que creó Ciudad Cúpula, desobedecieron a su Creador y lo retaron. Lanzaron un grito de guerra donde juraban no servir a su Creador.

Su líder llamado Lucifer fue quien encabezó esta rebelión. Estos ángeles que en su momento tenían una belleza encantadora, pasaron a convertirse en monstruos, fueron despojados de su belleza y lanzados a los infiernos, pero conservando sus poderes. Se los conoce como ángeles caídos. Ángeles malignos que empezaron a habitar la Tierra.

Para esto, la creación del mundo físico en *Ciudad Cúpula* ya existía, y los humanos habitaban en ella. Al principio fueron un Hombre y una Mujer, que tenían todos los dones preternaturales y poder sobre las cosas creadas; así lo determinó Dios. Vivían en armonía, daban nombres a lo creado, convivían con todos los animales y no tenían que trabajar, pues los Árboles y las Hierbas daban suficientes frutos para satisfacer sus necesidades básicas.

Pero en una ocasión, el ángel caído Lucifer tienta a la mujer y la hace pecar contra Dios, convenciéndola de comer de un árbol del conocimiento y violando de tal modo la única regla que su Creador les había impuesto: no comer de ese árbol.

Lucifer: —Mujer, come de este árbol y serás como Dios.

Mujer: —¿Tú quien eres? No se me ha dado poder sobre ese árbol de la vida.

Lucifer: —Soy el lucero y tú deberías de ignorar eso y comer de ese árbol, pues tu creador no quiere que tengas conocimientos.

La mujer accede, desobedece a Dios y come del árbol de la vida. En ese momento, sintió vergüenza al ver su cuerpo desnudo y empezó a sentir miedo. Corre rápidamente hacia su pareja y le platica lo sucedido, convenciéndolo de que él también comiese del fruto del árbol prohibido. En ese momento aparece Dios, los reprime y los echa del Jardín del Edén.

Su Creador los castigó y les quitó sus dones preternaturales y ambos fueron condenados a sufrir para conseguir el pan de cada día y la mujer, a parir sus hijos con dolor. Los animales venenosos les causarían muerte y dolor si los picaran o mordieran y deberán cuidarse de las fieras del bosque para no ser comidos. Trabajarán la tierra todos los días con sus manos, para hacerla producir semillas y frutos.

Pero el castigo más fuerte fue el tener que pasar por la muerte física antes de llegar al Cielo o conseguir el perdón por sus pecados.

Pasaron muchas generaciones y la Tierra empezó a poblarse. Sucedió entonces, que en aquellos días se multiplicaron los hijos de los hombres, les nacieron hijas bellas y sanas; la Mujer y el Hombre tuvieron muchos hijos, vivieron por más de 900 años y sus generaciones de nietos, bisnietos, tataranietos, etcétera, y se dispersaron por toda *Ciudad Cúpula.*

Los primeros padres lograron transmitir a sus descendencia lo acontecido con su Dios. En un principio, Dios permitió la unión entre hermanos para poder procrear y continuar con la Creación hasta la venida de un Redentor, cuya llegada vivían con esperanza durante siglos para que los volvieran a unir con su Creador. Tal fue la promesa hecha por Dios.

Sin embargo las fuerzas del mal, los Vigilantes o Hijos del Cielo vieron que las hijas de los hombres eran hermosas y las desearon, y se dijeron unos a otros: "Vayamos y escojamos mujeres de entre las hijas de los hombres y engendremos hijos". Y eran en total fueron doscientos los que descendieron sobre la cima del monte que llamaron Hermón, porque sobre él habían jurado y se habían comprometido mutuamente bajo anatema.

Todos y sus jefes tomaron para sí mujeres y cada uno escogió la suya de entre todas y comenzaron a entrar en ellas, a contaminarse con ellas y a enseñarles la brujería, la magia y el corte de raíces y a enseñarles sobre las plantas. Quedaron embarazadas de ellos y parieron gigantes de unos tres mil codos de altura que nacieron sobre la tierra y conforme a su niñez crecieron devorando el trabajo de todos los hijos de los hombres hasta que los humanos ya no lograban abastecerles.

Entonces, los gigantes se volvieron contra los humanos para matarlos y devorarlos; y empezaron a pecar contra todos los pájaros del cielo y contra todas las bestias de la tierra, contra los reptiles y contra los peces del mar y se devoraban los unos la carne de los otros y bebían su sangre. Entonces la Tierra acusó a los impíos por todo lo que se había hecho en ella.

Creció mucho la impiedad y los ángeles caídos tomaron caminos equivocados y llegaron a corromperse en todas las formas. Shemihaza les enseñó encantamientos y a cortar raíces ; Hermoni a romper hechizos, la brujería, la magia y habilidades afines; Baraq'el los signos de los rayos; Kokab'el los presagios de las estrellas; Zeq'el los relámpagos y sus significados; Ar'taqof les enseñó las señales de la Tierra; Shamsi'el, los presagios del Sol y Sahari'el los de la Luna, y todos comenzaron a revelar sus secretos a sus esposas.

Entonces, los otros Ángeles fieles a Dios, Miguel, Sariel, Rafael y Gabriel observaron la Tierra desde el santuario de los cielos y vieron mucha sangre derramada sobre ella y que estaba toda llena de la injusticia y de la violencia que se cometía sobre ella. Y dijeron a los santos del cielo: "Es ahora a vosotros a quienes las almas de los hijos de los hombres suplican diciendo 'llevad nuestra causa ante el Altísimo, nuestra destrucción ante la gloria majestuosa y ante el Señor de todos los señores' en cuanto a majestad".

Rafael, Miguel, Sariel y Gabriel dijeron al Señor del mundo (*Ciudad Cúpula*): "Tú eres nuestro gran Señor, el Señor del mundo, el Dios de dioses, el Señor de señores y el Rey de reyes; los cielos por encima del firmamento son el trono de tu gloria por todas las generaciones que existen desde siempre; toda la Tierra es el escabel ante ti para siempre, y tu nombre es grande, santo y bendito por toda la eternidad.

Así fue que, aconteciendo tanta maldad e injusticia, Dios ordenó: "Ve hacia Noé y dile en mi nombre: 'Escóndete'; y revélale la consumación que viene, pues la Tierra entera va a perecer, un diluvio está por venir sobre toda ella y todo lo que se encuentre sobre ella perecerá".

Luego, *Ciudad Cúpula* fue inundada con las aguas de arriba y las de abajo; se abrieron las ventanas de los Cielos y cayeron como cascada enormes cantidades de agua, de modo que todo el plano de la Tierra fue cubierto, hasta la montaña más alta. Todo ser vivo murió, solamente Noé y los que estaban dentro del Arca sobrevivieron. Durante el dilu-

vio universal hubo mucho dolor y los hombres se arrepentían de haber caído en tentaciones demoníacas, en prácticas sexuales inapropiadas para su naturaleza; gritaban de dolor que se apagaban con el ahogo del agua que cubría sus rostros. Las aves del cielo cayeron rendidas en las aguas, al no haber tierra firme o seca para descansar y fueron devoradas por especies marinas gigantes. Los hijos de los ángeles caídos también perecían ante las aguas de la aniquilación divina. Los ángeles caídos fueron castigados y reprimidos. Se cree que algunos quedaron sólo en espíritu, sin cuerpo material con el cual movilizarse o entrar en contacto directo con los hombres.

Lucifer, lleno de alegría al ver que Dios destruía gran parte de su creación, sintió satisfacción; porque el motivo de la rebelión de Lucifer y sus legiones de demonios fue la creación del hombre. Y estaban dispuestos a demostrar que el Hombre no era digno de tal creación y menos por su imagen y semejanza.

"Después, sana la Tierra que los ángeles caídos habían corrompido y anuncia su curación, a fin de que se sanen de la plaga y que todos los hijos de los hombres no se pierdan debido al misterio que los ángeles caídos descubrieron y han enseñado a sus hijos"✧

Capítulo 3

Reinicio de *Ciudad Cúpula*, una nueva esperanza

Toda vez que las aguas de arriba y de abajo retornaron a sus niveles normales, el varón llamado Noé, juntamente con su familia bajan del Arca que Dios les había ordenado construir para conservar la vida de muchas especies, semillas, frutos, etcétera, dando el comienzo de una nueva etapa en *Ciudad Cúpula*. Todo parecía indicar que los ángeles caídos ya no eran un problema para el desarrollo espiritual del hombre.

Después del Diluvio, Dios proporcionó nuevas instrucciones. Dio permiso para comer la carne de los animales, pero prohibió beber su sangre. También mandó que la gente se esparciera nuevamente por toda *Ciudad Cúpula*. Sin embargo, en un claro desafío a este mandato nuevamente, los hombres se juntaron en un lugar y comenzaron a construir una gran torre en evidente desafío a Dios, bajo el mando de un tal Nemrod. Pero Dios frustró sus planes. ¿Cómo? Haciendo que los habitantes de aquella ciudad —a la que se llamó Babel, y posteriormente Babilonia— hablaran de repente en idiomas distintos. Al no poder entenderse, se dieron por vencidos y se dispersaron.

Ya han pasado trescientos cincuenta años de esta terrible experiencia y al paso de muchas generaciones de los hijos de Noé, la humanidad se volvió más creyente y respetuosa de su Creador. Los hombres convivieron compartiendo la música, los alimentos, la cultura y el arte. Se desarrolló un sistema de trueque por el que se intercambiaban productos básicos. Aparece un hombre de fe llamado Abrahán, a quien Dios le pidió que dejara su tierra natal y se mudara al país de Canaán.

Sin pensarlo dos veces, Abrahán obedeció. Emprendió el largo viaje acompañado de su esposa, Sara, su sobrino Lot y todos los de su casa. Una vez en Canaán, llevó una vida nómada, residiendo en tiendas de campaña. Dios hizo un pacto con Abrahán: le prometió que todas las familias del planeta serían bendecidas por medio de él, que sus descendientes formarían una gran nación y que la tierra de Canaán les pertenecería.

Hasta que llegó el día esperado y anunciado por muchos profetas durante los siglos transcurridos: se produjo la llegada del Salvador, el hijo de Dios, por cuyo intermedio obtendrían el perdón del pecado cometido por los primeros hombres en la Tierra, cuando la mujer comió del árbol de la vida, lo que tenía prohibido. Y nuevamente el Maligno —Lucifer— logró juntar un grupo de hombres descendientes de Abrahán, que buscaron por todos los medios posibles dar muerte al Hijo de Dios, Aquél que había traído la nueva ley para llegar al Padre Creador.

En *Ciudad Cúpula*, el nacimiento del Hijo de Dios salió del pacto hecho con Abrahán, perteneciente un pueblo con el que Dios pactó; pero este pueblo se corrompió y sólo una mujer santa halló gracia ante Dios. Por medio de ella Dios envió a su Único Hijo para que nos otorgara el perdón de los pecados. Un arcángel fiel a Dios se le apareció a la mujer en medio de la noche y le dijo: "Salve María; llena eres de gracia; bendita eres entre todas las mujeres, y bendito es el fruto de tu vientre. Dios te ha bendecido y tendrás a su Hijo, Salvador y Redentor de los hombres y tú le pondrás por nombre Jesús".

Sucedió que luego del nacimiento del Hijo de Dios, los hijos de Lucifer le buscaban para darle muerte. En esa búsqueda marcaron la historia con un asesinato masivo de niños inocentes menores de 3 años, creyendo de esta forma los futuros deicidas y uno de sus reyes que darían muerte al Salvador, al Hijo de Dios, que se encontraría entre ellos. Pero pasaron muchos años y no supieron nada de él.

No fue hasta los 30 años de edad que el Hijo de Dios apareció públicamente para predicar las nuevas leyes que harían que los hombres retornasen a Dios y recuperasen el Jardín del Edén.

El Hijo de Dios realizó grandes milagros entre los hombres. Curó enfermos, revivió muertos, expulsó demonios y dio esperanza a todo el que se le acercaba. Pasaron 3 años desde que el Hijo de Dios empezó a predicar a los hombres. Esto molestó a los gobernantes de esa época y a los hijos de Lucifer, de modo que empezaron nuevamente a buscar pretextos para hacerlo matar, con el pretexto de que Él había venido para derrocar al gobernante de la Ciudad.

Los hijos de Lucifer, fieles émulos de su padre, siempre han usado la mentira, el engaño, el soborno y la adulación para conseguir sus metas; toda su historia está llena de traiciones y muertes, amén de ser muy rigurosos en la práctica de su religión, a la que no admitían a cualquiera sino sólo por linaje de sangre.

Así que el Hijo de Dios continuó con su predicación a todos los hombres de *Ciudad Cúpula*, junto a doce hombres que le siguieron y le obedecieron, a los que llamo sus Discípulos.

Juntos recorrieron muchos lugares de *Ciudad Cúpula* para anunciar el reino de Dios en el Cielo y no aquí en la Tierra. En todos los lugares que visitaba el Hijo de Dios era bien recibido y a su alrededor se juntaban cientos de hombres desesperados por las injusticias y sedientos de Fe, para escuchar sus mensajes, parábolas y consejos. Las religiones paganas que existían en *Ciudad Cúpula* meramente adoraban al hombre mismo o a su propio dios, que era Lucifer. Eran aquéllos tiempos terribles, en los que los gobernantes explotaban a los hombres privándoles del fruto de su trabajo, aplicándoles impuestos desmesurados por permitirles pertenecer a esa sociedad y todo era visto en función del dinero (el oro).

La historia nos refiere que uno de los doce Discípulos lo traicionó y entregó a los sacerdotes del pueblo por 30 monedas de plata, y fue puesto en manos de un organismo llamado Sanhedrín: un grupo se sacerdotes paganos con una falsa interpretación de las profecías que anunciaban la venida de un Salvador a *Ciudad Cúpula*. Ellos no lo aceptaron ni le creyeron a Jesús que Él, el hijo de aquella mujer santa escogida por Dios era el Hijo de Dios, el salvador que nacería del pacto con el pueblo de Abrahán.

Estos sacerdotes (o sanhedrines) también descendían del linaje de Abrahán, pero se desviaron ensoberbeciéndose de su conocimiento y su falsa interpretación de las profecías, porque ellos esperaban a un rey guerrero que los ayudara en la conquista de Ciudad Cúpula. No entendieron el mensaje de que Su reino no estaba en ese mundo, sino en el Cielo.

Es fácil entender la postura de los sanhedrines que lograron hacer crucificar al Hijo de Dios. Ellos buscaban la riqueza material y no los bienes del espíritu y por eso no entendieron que la misión del hombre es regresar a Dios y que, por lo tanto, la vida en Ciudad Cúpula era una vida pasajera, en el principio llena de felicidad. Una felicidad que se terminó ante la desobediencia de los primeros hombres al pecar contra la única regla que Dios les había impuesto.

Si los primeros padres de los hombres no hubieran hecho caso a las tentaciones de Lucifer, no habría habido la necesidad de la muerte para pasar al paraíso celestial; cada uno llegado su tiempo ascendería en cuerpo y alma a gozar eternamente de una felicidad inimaginable. Pero la poca fe y escasa voluntad de los hombres, dio por resultado su condenación y permanecer errantes durante todas sus vidas, por el mal ejercicio de su libre albedrío.

Llegó el momento de la muerte del Hijo de Dios. El Discípulo que lo iba a entregar por 30 monedas de plata, se acercó a Jesús y le dio un beso en la mejilla, que era la señal acordada con sus perseguidores. Jesús fue apresado por los soldados y llevado al palacio para ser enjuiciado a petición de sus verdugos, aquellos sanhedrines descendientes del pueblo de Abrahán porque, según ellos, ofendía sus tradiciones y curaba en los días sábados a los enfermos. Los sacerdotes eran muy estrictos con sus costumbres: para ellos era preferible que muriera un hombre antes que faltar a sus tradiciones. Tradiciones que estaban mal encausadas y ya estaban tergiversadas en cuanto a su vigencia. Además, Jesús aseguraba ser el Hijo de Dios, lo que era considerado por los sanhedrines como una blasfemia.

Fue así que el oficial del emperador lo mandó azotar en el patio del palacio y los sacerdotes, no conformes con eso, pidieron la muerte de Jesús, ya que los azotes no eran suficiente castigo para el perdón de su blasfemia. Jesús, sin recibir un juicio justo y al no defenderse, dejó todo librado a la voluntad del emperador, afirmando que la autoridad que éste ejercía sobre él le había sido otorgada desde lo más alto, y ése era el motivo por el que aceptaba el castigo. El oficial del emperador, al ver la humildad de Jesús, se apiadó y trató de convencer al pueblo de que le perdonase, pues no veía falta alguna en su persona. Pero la turba ya satanizada le respondió con el grito de "Crucifícale, crucifícale". Y ante las amenazas de un boicot económico contra el imperio, terminó por acceder al reclamo de la turba y mandó crucificar al Hijo de Dios.

Después de un largo día y de una serie de sufrimientos y vejaciones infligidos a Jesús, éste fue llevado a lo alto de un monte, donde lo esperaba una cruz grande de madera, en la cual fue clavado en sus manos y pies y sujetado así al madero que le acompañaría hasta el último suspiro. Todo por la incomprensión de la mayoría de los hombres y la maldad de los sacerdotes hijos de Lucifer.

Una vez confirmada la muerte del Hijo de Dios, los cielos lloraron y se iluminaron con grandes rayos de luz, tembló la tierra y muchas construcciones se desmoronaron. Y la turba deicida exclamó: "Parece que sí era el hijo de Dios".

La madre de Jesús, que lo presenció todo, rompiendo en llanto pidió que bajasen el cuerpo de su Hijo para darle sepultura, por lo que fue preparado y llevado al sepulcro.

La grandeza y el perdón del hombre se completa: Jesús resucita al tercer día, venciendo así a la muerte y borrando de tal forma el pecado de los primeros padres. Sus Discípulos lo vieron y convivieron con él ya resucitado y Jesús les comunicó el Espíritu Santo y les concedió el poder de perdonar los pecados, expulsar los demonios en su nombre, y les confirió el don de lenguas, pidiéndoles que viajasen a todos los rincones de *Ciudad Cúpula* para llevar la palabra de Dios y buscar el arrepentimiento, a fin de alcanzar la gloria eterna. Ordenó asimismo a uno de sus discípulos edificar Su Iglesia. Y el apóstol que lo había entregado por 30 monedas se dirigió a un árbol, se amarró el cuello en el extremo de una cuerda que había sujetado a la rama del árbol y se arrojó, ahorcándose. No había podido soportar ver lo que había hecho con sus acciones.

El resto de los apóstoles se dedicaron a predicar la palabra de Dios por todos los rincones de *Ciudad Cúpula*, tal y como lo había ordenado el Hijo de Dios —Jesús— que desde entonces fue denominado Jesús Cristo el Salvador.

Los discípulos viajaron a muchos lugares desconocidos por ellos, y en todos fueron muy bien recibidos, pues los habían precedido los rumores de aquel hombre que curaba enfermos, resucitaba muertos y hacía grandes milagros. Los discípulos se organizaron y se dividieron para poder abarcar más territorio y llevar a todos lados la palabra de Dios.

Las dificultades y las carencias inherentes, no eran obstáculo para continuar con la cristiandad y llevar la palabra de salvación a todos los hombres de la Tierra. Aldeas enteras se convertían al cristianismo y rechazaban las religiones paganas que adoraban dioses falsos y, al mismo tiempo, se consagraron en la palabra de Dios, y su Fe fue creciendo cada día más. Estos primeros cristianos conocían a la perfección la cosmología de *Ciudad Cúpula* y el contenido de un libro sagrado llamado "Génesis" (que significa origen), que explicaba a la perfección el origen de la vida y la trascendencia del hombre. Todos sabían que habían sido creados a imagen y semejanza de Dios, el mismo Dios que había enviado a su Hijo unigénito para el perdón de los pecados y para enseñar a la humanidad el camino a la gloria eterna.

Pero los enemigos del orden natural y de la obra de Dios no descansaban, buscando por todos los medios perseguir a los Discípulos de Jesús y causar su muerte. Así, algunos de ellos fueron muertos a pedradas y otros, arrojados a los leones. Los deicidas no descansaron en su persecución a cada uno de los discípulos. Sin embargo, ya el cristianismo estaba extendido por más de la mitad de Ciudad Cúpula y muchas naciones y pueblos enteros se habían convertido. Es entonces cuando dio comienzo a una tremenda persecución, por los sacerdotes sanhedrines, hacia todo lo que se relacionase con Jesucristo. En ese momento, estos deicidas se dedicaron a perseguirlos y a complotar con varios reyes para lograr la aniquilación del mundo cristiano✧

Capítulo 4

Creando una falsa realidad en *Ciudad Cúpula*

Ciudad Cúpula era más grande de lo que se conocía, no se podía llegar a sus límites, el terreno se extendía más allá de la presencia del hombre. Y se llegó a la conclusión de que había más tierras después del horizonte, grandes extensiones de ella sin explorar.

El cristianismo triunfó y muchas localidades de *Ciudad Cúpula* quedaron gobernadas y dirigidas por reyes cristianos al servicio de un Jerarca que era el máximo representante del hombre en la Tierra ante el Dios de los Cielos. La civilización era teocéntrica, todo giraba en torno a Dios, y el hombre buscaba la santidad mediante el matrimonio o el sacerdocio. Se crearon grandes oficios y se establecieron sistemas de comercio, centros educativos, estudios de ciencias naturales y monasterios dedicados a Dios y a servir a los hombres más necesitados.

Desde el siglo III hasta el siglo IX, en las sombras se escondían los enemigos de Jesucristo y de Dios, manteniéndose en secreto y con bajo perfil los deicidas que lograron dar muerte a los primeros cristianos después de Cristo. Ellos se fueron metiendo en las instituciones cristianas para ir escalando puestos de poder, al grado de que algunos llegaron a ascender a puestos privilegiados. La sociedad cristiana no percibía la maldad que se extendía día a día por todos los pueblos de la Tierra. Recordemos que Dios maldijo al pueblo deicida y lo condenó a errar por toda *Ciudad Cúpula*, sin patria, sin nación y con el desprecio de todos los pueblos por su actitud asesina contra su Salvador.

Aun así, estos enemigos de Dios se inspiraron y fueron ayudados por Lucifer, el enemigo eterno de Dios. Lucifer les dio el conocimiento de las cosas, les reveló sus secretos y los organizó en una secta con un linaje de sangre. Ellos escribieron un libro diabólico de política titulado "Las 21 directivas para la conquista", en el que expresaron su conocimiento del manejo de las masas, y planearon cómo dominar *Ciudad Cúpula*. Retrocediendo en el pasado, los *Nefilim*, que eran los hijos de los ángeles caídos, se quedaron en espíritu y fueron invocados por el pueblo deicida para su ayuda, al pedir la revelación de las artes mágicas aptas para controlar la población y continuar esa lucha contra el mundo cristiano y contra el mismo Dios.

Al mismo tiempo que todo esto ocurría, los discípulos ya habían formado la iglesia de Cristo, tal y como él dijo a uno de sus seguidores: **"Sobre ti edificaré mi iglesia, que perdurará hasta el final de los tiempos y lo que tú decidas será atado o desatado en la Tierra y en los Cielos"**. Fue así que se creó una institución fuerte para promover el cristianismo en todos los pueblos, que en su momento la conocieron como la Iglesia Católica, una institución que guardaba la palabra de Dios y estaba obligada a bregar por la salvación de las almas de los hombres.

Como resultado, la Iglesia vio surgir a muchos santos que se dedicaron al estudio de la teología y la filosofía para orientar a los sacerdotes cristianos que ya estaban cayendo en los cismas provocados por los enemigos de Cristo; cismas que buscaban renegar de la divinidad de Jesús, despojándolo de su gloria. Estos santos escribieron enormes libros sobre la fe, la esperanza, la moral, los pecados y el perdón. Otros, sobre la Ciudad de Dios y, muchos más, sobre los peligros que se avecinan con la infiltración de los hijos de Lucifer en las instituciones cristianas y en la misma Iglesia.

Los enemigos de Cristo, también se organizaron y crearon varias instituciones para operar desde ellas y en la clandestinidad; promovieron guerras entre los pueblos; secuestraron y sobornaron a grandes emperadores; a sus hijas las casaban con hombres de poder que luego eran asesinados al tener un hijo primogénito y la herencia quedaba para ellos. Muchos entraron en la Iglesia para destruirla por dentro, pues los ataques que por fuera lanzaban a la iglesia de Cristo, no era suficiente para derrocarla. Muchos de los deicidas tenían pactos con Lucifer y daban en sacrificio a niños inocentes inmolándolos ante un altar; en ocasiones, bebían su sangre y comían de su carne, según determinadas festividades.

El poder que alcanzaron fue enorme, infiltraron muchos reinos en la tierra y lograron imponer sus ideas y la educación materialista, que despoja a todo individuo de la santidad y de la espiritualidad, convirtiéndolo solo en un zombi, con cabeza pero sin cerebro. Pasados muchos años más y en el siglo XVIII lograron destruir la educación religiosa impartida por sacerdotes cristianos en las escuelas de los poblados; establecieron una teoría de la evolución, donde se les empezó a enseñar que el hombre evolucionó a partir de una célula en el agua y con el paso del tiempo terminó en el *chango* y, finalmente, el hombre surgió. Ésta idea fue combatida por la misma Iglesia, que todavía se mantenía de pie y fiel a Cristo. Muchos santos se opusieron a esta idea de eliminar por completo el significado de la Creación.

La batalla fue perdida por los defensores de la Creación, pues los hombres se entregaron al materialismo moderno, al consumismo y aceptaban por verdad científica todo lo dicho por las instituciones gubernamentales. Hasta les metieron la idea de que vivían en un mundo esférico dentro de un sistema solar, organizado con planetas y de forma espontánea a raíz de una gran explosión llamada (por onomatopeya) *Big Bang*. Idea más que estúpida; pero con el pasar de los años la sociedad fue adoctrinada y las generaciones viejas no lograron transmitir la verdad a sus descendientes, y ellos terminaron por aceptar la nueva visión del mundo donde viven.

Los enemigos de Cristo estaban contentos con su éxito y, al mismo tiempo, preocupados porque algunos hombres santos estaban iniciando la batalla para recuperar la espiritualidad y lograr el despertar de la conciencia del hombre. Esos seres infames lograron penetrar la Santa Iglesia Católica para, desde adentro, impulsar su corrupción y el desvío del hombre sobre la palabra de Dios. Al acceder al poder político, lograron cerrar el Santo Oficio, un organismo interno de la Iglesia para la investigación de las actividades subversivas y satánicas de los hijos de Lucifer; este Santo Oficio había desmantelado mafias de traficantes de órganos humanos para rituales satánicos y logrado encarcelar a muchos hijos de Lucifer por realizar pactos diabólicos y hacer sacrificios humanos en su nombre.

Con el tiempo jugando a su favor y la educación en sus manos, los hijos de Lucifer calumniaron al Santo Oficio como una institución perversa y torturadora de los hombres de ciencia. Los jóvenes estudiantes creyeron en sus mentiras y repitieron por generaciones las supuestas atrocidades de esa institución. Es de imaginar el odio generado por estos deicidas hacia una institución que los descubrió y denunció sus perversas intenciones.

La civilización quedó sumergida en un caos; en algunos lugares de *Ciudad Cúpula* estaban en guerra, en otros lugares se moría de hambre o por pestes y las muchas corporaciones multinacionales no hacían nada por ayudar. Los enemigos de Dios dominaron la prensa y la radio, medios que, mediante la difusión masiva de falsas noticias y novedades, fueron conteniendo al pueblo. Vendían una realidad inexistente, haciendo creer a los hombres de *Ciudad Cúpula* que la humanidad estaba en progreso y que habían alcanzado el espacio, hasta el punto de haber logrado pisar la Luna.

Grande era su control mediante los medios de información. Con ellos bajo su dominio lograron sembrar falsas ideas y la invención de grandes héroes, haciendo que los infames tiranos lo parecieran hasta el punto de ponerles sus nombres a las calles y lugares públicos de *Ciudad Cúpula*.

Entrando al año 1960, la humanidad ya no sabe a dónde se dirige su vida; los hombres son víctimas del conformismo, de la ley del menor esfuerzo. Los valores morales son atacados hasta el punto de hacer creer a la gente que la moral y otros valores sublimes son cosas del pasado. Se inicia el ataque a la institución familiar con políticas de planificación; se les enseña a los matrimonios que tener pocos hijos es mejor para darles todo lo material; las escuelas públicas y otras dependencias trabajan día y noche para adoctrinar a una población que ha llegado hasta a creer en la llegada del hombre a la Luna y en los viajes espaciales, siendo que, en realidad, se vivía en un sistema cerrado con difícil acceso a lo más alto de la *Ciudad Cúpula*. A partir de la aparición de la televisión se ha logrado desarraigar a la familia y enseñar cosas contrarias a los principales valores y tradiciones familiares.

Las políticas demográficas implementadas a través de los organismos de control mundial, en especial la llamada ONU, han dado sus frutos amargos en muchos países de *Ciudad Cúpula*: la natalidad se ha reducido drásticamente y las ciudades se están convirtiendo en poblaciones de ancianos y perdiendo su conciencia de lo sobrenatural, por la que el hombre es parte de la Creación. Los enemigos de Dios, una vez más logran disminuir el cumplimiento de la misión encomendada al hombre por Dios, de procrear y continuar con la Creación.

Se inicia una decadencia abismal en la Iglesia de Cristo. En 1968 se organizó un Concilio donde se unió a todas las falsas religiones de *Ciudad Cúpula*, a las que el Jerarca dio el mismo valor que la Iglesia de Cristo. Fue un evento decadente, nefasto y herético para la verdadera religión: la sociedad no caía en cuenta −a pesar de las advertencias de un grupo disidente dentro de la Iglesia, que logró difundir un libro casi profético (*Complot contra la iglesia*), sobre lo que estaba sucediendo al interior de la misma. Hay que recordar que los enemigos de Dios empezaron a infiltrar la Iglesia de Cristo ya en el siglo XII. Terminada esa junta, que se llamó el II *Concilio*, la Iglesia ya no fue la misma, presentaba signos de enfermedad con los constantes ataques a través de los años: los ataques a la doctrina y a la divinidad de Cristo, a las defensas de muchos santos y a las apariciones de la Madre de Jesús, no fueron suficientes para entrar en razón a la humanidad agonizante de valores, que estaban por abrazar una nueva idea.

Anteriormente, diversos Jerarcas santos habían advertido sobre un cisma mayor que se avecinaba y ponía en peligro el magisterio de la Iglesia. Estos temores estaban plasmados en los denominados Modernistas. Los Jerarcas crearon cánones (Leyes) que prohibían a los posteriores Jerarcas errar en materia de Fe y castigaban con la excomunión a todo aquél que tergiversara las enseñanzas de Cristo. Pero esto, al parecer no les importó a los posteriores Jerarcas que, además, fueron elegidos según la forma democrática, dejando de lado la inspiración del Espíritu Santo y rompiendo, de tal modo, una tradición de más de mil novecientos años.

A estas alturas, en *Ciudad Cúpula* se extendía un peligro mayor, totalmente desconocido hasta el momento: muchas corrientes filosóficas salieron a la luz a confundir aún más a la humanidad. Las filosofías que hacen creer a los hombres que son dioses y que no necesitan a Cristo ni al mismo Creador para ser felices, lograron mediante la literatura impulsar la idea de una Nueva Era para la humanidad, que la libraría de las ataduras morales y de las exigencias de las religiones. En la actualidad, estos enemigos de Dios proponen una vida sin límites de conciencia, sin Dios y con una libertad antinatural. Mediante la agitación de pequeños grupos muy bien financiados es que difunden esa creencia. Se han valido de los medios de comunicación, la televisión, la radio, el cine, el teatro, las agencias espaciales y la prensa escrita para irrumpir en las mentes de los hombres. Las escuelas son también centros de adoctrinamiento, pero incluso la misma Iglesia de Cristo se ha prestado, a partir del *Concilio* II realizado en 1969, a impulsar esta Nueva Era. No les bastó a los bastardos el haber creado el Comunismo, una doctrina atea totalmente antirreligiosa, que busca aniquilar lo sobrenatural y esclavizar al hombre mediante la fuerza convirtiéndolo en un animal más producto de la evolución.

El objetivo final es una Iglesia humanista sin santos, sin Mandamientos y sin Cristo; una iglesia al servicio de todas las confesiones; una iglesia natural, vacía de la palabra de Dios.

Pero Dios no deja a su pueblo en el abandono y por eso, muchos hombres salen en defensa de Su Iglesia y dan la lucha contra las fuerzas del mal. Un grupo importante de sacerdotes y fieles a Cristo continúan la lucha fuera de la estructura eclesiástica; ellos se autonombran *sedevacantistas* porque no reconocen la autoridad del Jerarca que promovió el satánico *Concilio* II, considerado una herejía y una desobediencia a la tradición de los Jerarcas anteriores y al mismo Magisterio de la Iglesia.

El mundo religioso dentro de la Iglesia de Cristo se divide en dos tendencias: los Modernistas y los Tradicionalistas, dando lugar a una gran batalla para salvar a la humanidad. *¿Quién triunfará?* ✧

Capítulo 5

La *Nueva Era* en *Ciudad Cúpula*

El 25 de abril de 1982 apareció un aviso en los periódicos de toda *Ciudad Cúpula*, anunciando la segunda venida de Cristo. El anuncio comienza así: "El mundo está harto del hambre, de la injusticia, de la guerra... El Cristo está aquí, respondiendo a nuestra petición de ayuda y como Maestro para toda la humanidad... Lo reconoceremos por su poder espiritual extraordinario y por su visión universal".

El libro del *Apocalipsis* (o Revelación), en su capítulo 13, versículos 13 al 18, dice:

> "Hizo grandes señales hasta hacer bajar fuego del Cielo a la Tierra delante de los hombres. Extravió a los moradores de la tierra con la señal que le fue dado ejecutar delante de la bestia, diciendo a los moradores de la Tierra que hiciesen una imagen en honor de la bestia para que hablase la imagen y hiciese morir a cuantos no se postrasen ante ella e hizo que a todos, pequeños y grandes, ricos y pobres, libres y siervos se les imprimiese una marca en la mano derecha o en la frente; y que nadie pudiese comprar o vender sin que tuviera la marca, el nombre de la bestia o el número de su nombre. Éste es el número de un hombre, y este número es el 666".

Por cierto que el número 666 es sagrado para los seguidores de la Nueva Era, pues según Constance, experta en dicho movimiento, notifica que "creen que mientras más se utilice el número 666, más pronto surgirá la nueva civilización".

Los hombres no podían observar la similitud entre lo que dice el libro del *Apocalipsis* y el plan de la Nueva Era para establecer un nuevo orden mundial a través de la organización denominada ONU en *Ciudad Cúpula*:

> "La instalación de un nuevo Mesías mundial; la implementación de un nuevo gobierno mundial y de una nueva religión dirigida por los enemigos de Cristo... Un sistema de tarjetas de crédito universal... Una sola autoridad para la distribución de los alimentos... Un impuesto mundial... Un reclutamiento militar mundial.... Y la destrucción de todas las personas que creen en la Biblia y adoran a Dios; en resumen, el fin del cristianismo".

Ésa es la meta de los enemigos de Dios mediante su Nueva Era. Los hombres, por la falta de lectura y de contemplación de lo creado, no pudieron prever que los enemigos de Dios ya estaban metidos en su vida al grado de controlarlo todo. El movimiento de la Nueva Era enseña que el hombre se salva mediante la iniciación y por sus obras y no por la gracia de Dios y la fe en el sacrificio de Cristo. La *iniciación* es considerada el corazón y la médula de la nueva religión mundial que se planea. Esta iniciación ha sido claramente definida como luciferina, o sea, proveniente de Lucifer. David Spangler, uno de los personajes del movimiento y miembro de una sociedad llamada *Ciudadanos planetarios* en referencia a la falsa idea del sistema solar heliocentrista que han impuesto a la humanidad, dice: "Para poder entrar en la Nueva Era es necesario aceptar una iniciación luciférica... vamos hacia una *iniciación mundial*".

De forma abierta y sin tapujos, estos enemigos de Dios se burlan de los hombres y en su propia cara les dicen que la Nueva Era es diabólica y es necesario aceptarlo. De hecho, en la mayoría de las películas de la empresa HW, de forma descarada muestran la meta de la Nueva Era y el Nuevo Orden Mundial, que establecerán mediante la ONU. Las series de televisión muestran demonios, falsos viajes en el tiempo, están adoctrinando hacia la ideología de género, buscan quitar en las mujeres todo sentimiento de amor y de pudor y

las hacen luchar contra los varones; surgen varios movimientos, el verde, el azul celeste, el amarillo, el lila y el arcoiris, todos para confrontar a la gente entre sí.

El llamado "maestro" tibetano, Djwal Khul, a través de una

Mensaje oculto en el monolito, que expresa claramente la meta del Nuevo Orden Mundial.

espiritista fundadora de la organización *Nueva Era* llamada Alicia Bailey, supuestamente ha dicho que

> "una tercera parte de la humanidad tiene que morir antes de llegar el año 2025... [y que] la muerte no es una tragedia a la cual se deba temer; la labor del destructor no sería cruel o indeseable en realidad... Por lo tanto, los guardianes del plan permitirán mucha destrucción y muchos males se convertirán en cosas buenas".

Esta mentalidad conducirá a que, sin cargo de conciencia, se puedan exterminar millones de niños anualmente por medio del aborto promovido por el movimiento del Pañuelo Verde. También proclaman que se debería fijar una meta para reducir la población a un nivel donde los recursos del mundo puedan sostener indefinidamente un nivel de vida decente –probablemente menos de dos mil millones de personas– y, por fin, estas normas tendrán que hacer que los gobiernos usen de la manipulación para contener la procreación.

¿Quiénes desean reducir la población del mundo a dos mil millones de personas antes del año 2025? Es el plan de los que promueven el control demográfico, la élite de la población, como la presidenta de la organización antivida *Planned Parenthood*, Faye Wattleton, y su brazo derecho Alan Guttmacher, del instituto de investigación que lleva su nombre. Éstos son "humanistas" que constituyen parte del movimiento de la *Nueva Era*. Los humanistas afirman enfáticamente la idea de la ética de situación, específicamente en cuanto al sexo y la moral. Véase lo que declaran en su *Manifiesto Humanista*:

> "En cuestiones de sexualidad, creemos que las actitudes intolerantes, frecuentemente cultivadas por religiones ortodoxas y culturas puritanas, reprimen indebidamente la conducta sexual. El derecho al control de la natalidad, el aborto y el divorcio deberían reconocerse... Creemos en el derecho a una educación universal... El crecimiento excesivo de la población tiene que ser controlado mediante un acuerdo internacional".

Irónicamente, la *paternidad planificada* ha logrado legalizar el aborto empleando una efectiva propaganda llamada "libertad para escoger". En realidad, no tienen interés en que haya libertad para escoger, sino que ellos realmente quieren controlar la fertilidad humana para que cada año nazcan menos. Llegan hasta el extremo de secuestrar a las mujeres que quedan embarazadas por segunda vez y las obligan a abortar. *Planned Parenthood* no se satisface con la legalización del aborto, sino que también apoyan campañas masivas para esterilizar a las mujeres en diversos lugares de *Ciudad Cúpula* mediante vacunas dañinas con las que venden la idea de seguridad, muchas veces sin el permiso y sin el consentimiento de dichas mujeres o de los padres de las niñas en los colegios.

Bajo las sombras de *Ciudad Cúpula* en la *Nueva Era*, hay una guerra sin tregua contra la humanidad; una guerra satánica que busca erradicar a Dios de la conciencia de los hombres. La Élite gobernante creó ideologías y sistemas económicos como la Izquierda, la Derecha, el Comunismo, el Capitalismo y el Neoliberalismo, a los que hacen enfrentarse entre sí, sin notificar a los integrantes de cada una de esas ideologías o sectas que todas ellas son controladas por los mismos.

Esto sucede a nivel externo, o sea, de forma visible, pues también han creado organizaciones secretas con un ritualismo luciferino, los cuales controlan de forma remota a las ideologías antes mencionadas. Los miembros son reclutados de diversas formas en las universidades, partidos políticos, religiones, asociaciones civiles, etcétera.

Surgen organizaciones que apoyan las medidas a favor del aborto, la inseminación artificial, la limitación obligatoria del tamaño de la familia, el control genético y hasta el control de la muerte. El movimiento para el desarme militar es uno de los principales elementos del movimiento de la *Nueva Era*. Cosa rara, ¿verdad? Porque según ellos, desean evitar muertes innecesarias mas, sin embargo, alientan los millones de muertes innecesarias causadas por el aborto.

Pero el movimiento más feroz y satánico que atenta contra la naturaleza del hombre es la llamada Ideología de Género. Busca imponer mediante la fuerza del Estado mediante leyes nefastas, la supuesta libertad de escoger el sexo con que socialmente se identifique cada uno, no importando la biología del ser humano. Afirman que el hombre nace sin sexo y es el mismo individuo quien debe decidir con qué sexo se identifica. Una propuesta de lo más estúpida, pero que ha logrado cautivar a una minoría de pocas luces y, mediante los medios de comunicación, han fabricado la idea de una aceptación por la mayoría. Unos de los logros obtenidos por este movimiento antirreligioso y antinatural, es el uso compartido de los baños públicos donde, sin importar el sexo de la persona, cada uno tiene el derecho de usar el retrete que desee, ordenándose el retiro de los anuncios que hacen referencia a los sexos masculino y femenino, con el solo objeto de no ofender a quien se identifique como homosexual o lesbiana, dentro de lo menos dañino en su terminología; pues esta locura llega al grado de defender la idea de algunos trastornados que se autodefinen como vacas, perros, caballos y hasta se practican ciertas modificaciones físicas para acercarse a la apariencia de esos animales.

La Nueva Era ¿a quién ataca principalmente?

Es un movimiento pseudo espiritual de corte esotérico y ocultista, pagano, que incluye teorías erróneas y herejías condenadas por la Iglesia, que contradicen verdades fundamentales de la fe cristiana y que busca llevar al hombre a creer que puede llegar a ser como Dios. Su finalidad, encubierta bajo un pretendido respeto a todas las creencias, es la destrucción de la fe cristiana, con lo que intenta acabar con la Iglesia de Cristo y con toda denominación cristiana✧

Capítulo 6

El despertar del Hombre

Podemos imaginarnos las condiciones de vida de *Ciudad Cúpula*. Pareciera que no hay esperanza y que la humanidad tendrá que dar paso al Nuevo Orden Mundial para controlar su vida, su fe, su creencia y su libertad. Pero no es así: sólo se trata de la falsa realidad que la élite ha logrado plasmar en las mentes de las personas, porque real- mente somos muchos más los buenos que los malos.

Los enemigos de Dios subestiman Su poder y su paciencia: los hombres ya están empezando a despertar y a dejar de pertenecer a sectas o corrientes ideológicas que, a final de cuentas, son controlados por los mismos titiriteros. Este despertar de conciencia se ha iniciado; los hombres de buena fe han abierto los ojos y se está tendiendo una red neuronal en toda *Ciudad Cúpula*, por la que la humanidad está cuestionando a las autoridades educativas, científicas y religiosas; se exige una revisión histórica de los hechos narrados durante siglos por medio de una falsa educación y, lo más importante, están exigiendo cárcel para todos los dirigentes de las Agencias espaciales por el gran fraude de difundir la teoría del *sistema solar*, donde el Sol es el centro y los llamados "planetas" giran alrededor de él, exigiéndole que se disculpen y regresen el dinero que durante más de 80 años han robado de los impuestos del pueblo. Lo mismo ocurre en todos los lugares de *Ciudad Cúpula*: el hombre está despertando y con la ayuda de la tecnología y su avance aplicado a las redes sociales, se comunican a mediante la red internacional Internet. Gracias a tal intercomunicación, los hombres han podido difundir sus mensajes y conocer y compartir secretos que estaban ocultos a la mayoría, que no tienen acceso a una educación privilegiada. Estas redes sociales han logrado conectar el mundo en cuestión de segundos, pese a que desde el principio los enemigos de Dios las usaron para confundir a los hombres y promover las ideologías paganas. Sin embargo, se ha producido un giro inesperado y esta misma herramienta, que en un principio estaba dirigida a esclavizar al hombre, hoy lo está liberando.

Surgen hombres y mujeres comprometidos con el despertar de las conciencias, que se han puesto a la tarea de denunciar a las sectas e ideologías que están causando la muerte espiritual a la humanidad. Estas personas, en sus investigaciones se remontan a los inicios del nacimiento de Cristo, observando que los mismos sanhedrines que albergaron el odio al Salvador son los que en la actualidad financian, promueven y controlan todas esas corrientes destructivas.

Los hombres cayeron en la cuenta de que esta lucha es mediante las letras; no es formando asociaciones, ni movimientos, pues se corre el peligro de que sean infiltrados por agentes dobles al servicio de la élite, los hijos de Lucifer, pues con ese medio es como estos enemigos de Dios y el del hombre han logrado destruir a los verdaderos movimientos nacionalistas que buscan libertar a la humanidad de su dictadura. La misma Iglesia Católica ha caído bajo su secretismo y es en gran parte controlada desde las sombras.

Este nuevo despertar de la humanidad invita a cada uno a convertirse en líder, transmitir la información, compartirla con el mayor número de personas a su alrededor para que salgan de esa mentira universal que han logrado insertar en las mentes. La meta de este despertar es conseguir que la humanidad no les siga el juego a estas élites de satánicos; que las personas dejen de pertenecer a sus sectas y dejen de lidiar en las calles luchando unos contra otros. Puesto que no deben permitir que los dividan, porque así serán vencidos, que observen cómo los factores del mal hacen pelear a los pueblos: homosexuales contra heterosexuales, abortistas *versus* Pro Vida, matrimonios "igualitarios" contra matrimonios tradicionales; Izquierda contra Derecha; Católicos *versus* Protestantes; Comunistas *versus* Capitalistas y la lista continúa.

En pleno siglo XXI se inicia un gran despertar, y ya son muchos los que están hartos de las mentiras, la manipulación, el asesinato, el robo y del sometimiento de la sociedad por las sectas políticas diabólicas, que buscan en primera instancia su enriquecimiento material y la degradación del hombre.

El hombre, sin darse cuenta, ha participado en esas sectas de lobos disfrazados de ovejas, creyendo que hacían el bien. Ellos usan el sentimentalismo para explotar a la sociedad, recaudan cantidades siderales de dinero, en buena parte proveniente de donaciones, y con ese dinero financian sus planes de esclavitud de la humanidad.

Pero la humanidad comenzó a comprender la realidad del mundo en que vive, y las personas están recuperando su espiritualidad, su naturaleza, su orgullo, su dignidad y, sobre todo, su misión.

Por otro lado, dentro de la misma ciencia oficial se han realizado experimen-
tos que, con el avance tecnológico, han permitido atisbar la realidad. Por ejemplo, descubrieron que no habitamos un mundo esférico; que la seudo-ciencia oficialmente impuesta les hizo creer

por más de quinientos años que la Luna y el Sol están a centenares de miles y a millones de kilómetros de distancia de nuestro mundo, lo que –hoy lo sabemos– no es cierto. Mediante la observación directa de la naturaleza y la experimentación, se ha logrado detectar que las estrellas son energía que vibra en el firmamento por la melodía celestial que las acompaña, eso que la Sagrada Biblia llama las Aguas de Arriba. Los planetas no existen tal como nos lo enseñaron, sino que son estrellas errantes, con movimiento propio tal como lo dispuso el Creador. En pocas palabras, la Creación es como la describe y relata la palabra de Dios inscripta en el *Génesis*, el primero de los libros de la Biblia.

¿Que importancia tiene para la humanidad este redescubrimiento? Mucha, pues otorga sentido a nuestras vidas y nos permite comprobar que hay una élite maléfica tratando de oscurecer la razón de la existencia del hombre, desarraigarlo de su Creador y, muy probablemente, provocar el aniquilamiento del 70 % de la población mundial. Esto no es mera figuración: está plasmado en un monolito existente y públicamente exhibido que detalla los planes sobre la reducción de la humanidad mediante las guerras, las enfermedades, los desastres naturales, la inanición, el aborto y la eutanasia.

El despertar humano va en aumento y las élites ya empiezan a temblar, por lo que están acelerando sus planes de destrucción intentando imponer, ya mismo, su denominado Nuevo Orden Mundial (*Novus Ordo Seclorum*, como está escrito en el dorso de todos los billetes de dólar). Para paliar ese despertar de la gente, iniciaron una férrea censura sobre Internet y sobre las redes sociales que muestran claramente sus mentiras; no quieren que la humanidad se percate más del engaño al que la han sometido durante generaciones.

Los idealistas independientes de *Ciudad Cúpula* están rescatando la historia verdadera del hombre y la misión que le impuso Dios. Se han organizado en todo el mundo aprovechando las facilidades que brinda Internet. Mediante las plataformas de comunicación y el *streaming** de video, a pesar de la censura de la que son objeto están continuamente informando a la humanidad sobre las conspiraciones en su perjuicio. Aunque, lamentablemente, hay muchos incrédulos que, en lugar de investigar, se dedican a insultar y a zaherir a quienes ya han abierto los ojos y sólo pretenden alertar a los demás. También es probable la teoría de que son *trolls*** pagados por la élite a la que ellos identifican como los *Illuminati*; tales *trolls* trabajan en las redes sociales con el objetivo de infiltrar y sembrar la duda y la discordia entre los miembros de algunos canales y grupos de *chat*.***

---

*Término que hace referencia al hecho de escuchar música o ver vídeos sin necesidad de descargarlos completos antes de escucharlos o verlos. Esto se logra mediante fragmentos enviados secuencialmente a través de una red de comunicaciones (como lo es Internet).

**Provocadores que intentan producir confusión y descrédito.

***"Coloquio": Comunicación en tiempo real que se realiza entre varios usuarios cuyas computadoras están conectadas a una red como lo es Internet.

Las recomendaciones que circulan por la red de Internet y en los grupos de *chat* para el despertar de *Ciudad Cúpula*, son los siguientes:

1. No apoyar el redondeo en las tiendas comerciales, que consiste en regalar, del vuelto de un pago efectuado, desde unos centavos hasta una unidad de moneda, a las empresas que según afirman recaudan ese dinero y lo donan en nombre propio a diversas instituciones de beneficencia; porque según se ha demostrado, casi todas son falsas organizaciones altruistas y fachadas prestanombres para rebañar aún más al ciudadano honesto. Son asociaciones civiles, supuestamente sin fines de lucro, dedicadas a diferentes fines benéficos tales como apoyar a los niños con cáncer –enfermedad que fue creada por la misma élite, y por la que muchos laboratorios medicinales se han hecho multimillonarios, jugando con el sentimiento de la gente para hacerle sentirse mal si no cooperan o no donan para su causa.

2. Evitar formar parte de asociaciones secretas o ser adoctrinado en las ideologías que ellas promueven. Los humanos somos serviciales por naturaleza y deseamos ayudar a los otros; esto lo saben muy bien estos enemigos de Dios, y aprovechan ese impulso de generosidad para dirigirlo a favor de esas instituciones y dar impulso a sus planes secretos. Tales organizaciones tienen por objeto controlar a la gente a fin de que nunca despierten las conciencias, adoctrinándola con filosofía sentimental en torno a una llamada

igualdad de género para normalizar las depravaciones. Por ejemplo, el movimiento del Pañuelo Verde, que promueve activamente el asesinato de bebes en gestación; las feministas, que intentan erradicar al *macho* (los varones) al que dicen no necesitar para nada; la comunidad LGBTI,* que exige derechos especiales y dice que las relaciones sexuales son normales y necesarias entre personas del mismo sexo; Los *Emos*** que se sienten odiados por Dios al cual insultan y maldicen; los *metaleros* promotores del satanismo y el transhumanismo, que promueven la transformación del hombre en apariencias de animales. Todas estupideces pero que, con el adoctrinamiento adecuado, hacen a sus adeptos defender sus torpes propuestas y ver como normales sus propias degeneraciones. Por lo tanto, es preciso tener mucho cuidado. ¿De dónde sacan estos movimientos a la gente que los sigue y logran afiliar a tantos en sus filas? Las universidades son el caldo de cultivo perfecto para el proselitismo a favor del marxismo y de una ideología de género que complota la naturaleza del hombre. Algunos partidos políticos también son usados para el proselitismo e impulsar su agenda nefasta contra Dios y a la misma sociedad.

*Sigla que engloba a: **l**esbianas, **g**ays, **b**isexuales, **t**ransexuales, y la 'I' final es por los **i**ntersexuales o hermafroditas).

**"Tribu urbana", o subcultura creada en torno al género musical *emo*, subgénero del estilo *hardcore punk* y que ostentan una estética particular y social.

3. Dejar de ver televisión y pornernos a leer los buenos libros de historia: libros que no sean parte de los planes de estudio oficiales de los que gobiernan, pues terminaríamos creyendo en las mismas mentiras que ellos promueven. Reflexionemos, dudemos, cuestionemos y analicemos con sentido lógico el significado de la vida, de la creación, la misión que tenemos y hacia dónde va la humanidad. Tengamos en cuenta que Lucifer ha emprendido una lucha contra Dios por causa de la Creación; se siente celoso de nosotros por haber sido creados a Su imagen y semejanza y por eso denigra y humilla al hombre con la llamada ideología de género. Tanto, que está empeñado en destruir la Creación y confundir al hombre con ponzoñosas filosofías que le hagan creer que él es el mismo Dios✧

(Continúa en el LIBRO II)

LOS LIBROS DE ESTA TRILOGÍA

CIUDAD CÚPULA

LIBRO I. UNIVERSO CERO

LIBRO II. NUEVO ORDEN MUNDIAL

LIBRO III. EL REINADO DE CRISTO

(Sector del «Pie de imprenta»)

Made in the USA
Columbia, SC
07 March 2021